SALOMÉ

OSCAR WILDE

SALOMÉ

DRAME EN UN ACTE

DESSINS DE ALASTAIR

PARIS

LES ÉDITIONS G. CRÈS & Cie

21, RUE HAUTEFEUILLE, VIe

MCMXXII

NOTE DES ÉDITEURS

Composée en français, alors qu'Oscar Wilde subissait l'influence d'un groupe d'écrivains d'élite, Salomé ne parut qu'en 1893, avec la double marque de Paris et de Londres. On a dit que Marcel Schwob, Stuart Merrill et Pierre Louÿs apportèrent leur part de collaboration à cette pièce singulière. Quoi qu'il en soit, Salomé était destinée par l'auteur à être créée par Sarah Bernhardt. L'œuvre fut mise en répétition, mais diverses circonstances qu'il serait trop long de rapporter ici en éloignèrent la représentation. Par la suite, le néfaste procès intenté à l'auteur par la justice criminelle de Londres, et qui valut à ce dernier de longs mois de captivité, rompit les projets qui étaient à peine en voie de réalisation. Ce ne fut que deux années plus tard — alors que Wilde, plongé dans la geôle de Reading, n'attendait guère plus de secours spirituel — que ses amis engagèrent l'acteur Lugné Poé à représenter Salomé. Elle parut le 12 février 1896, sur la scène de « l'Œuvre[1] », mais le public ne parut s'intéresser que médiocrement à ce drame biblique, si l'on s'en tient au jugement que lui consacra la critique. Aussi bien ne fut-ce qu'une interprétation de fortune qu'on offrit d'un ouvrage digne d'un sort meilleur. Wilde, néanmoins, en fut infiniment touché. Il le fit naïvement entendre dans une lettre qu'il adressa, le 10 mars 1896, à son ami Robert Ross, et qu'on peut lire au début de l'édition française de De Profundis (Paris, Mercure de France, 1905, p. 17) :

« Essayez de voir, disait-il, ce que Lemaître, Bauer et Sarcey ont dit de Salomé et donnez-m'en un petit résumé. Écrivez à Henri Bauer et dites-lui que je suis touché des belles choses qu'il écrit de moi. »

Peu après, la musique s'empara de ce thème incomparable, et, pendant longtemps, on ne le vit plus qu'accompagné du lyrisme de Mariotte ou de Richard Strauss. Mais, il est un temps pour tout. On comprend que nous ne donnions point ici notre opinion sur une telle œuvre qui participe à la fois du conte et du poème en prose, et qu'une complaisance excessive pour les conceptions imitées de Flaubert et l'art quasi primitif de Mæterlinck a fait vivre. Réimprimé à petit nombre, en 1907, puis inséré, par la

---

1. De l'interprétation nous citerons : Mlle Lina Munte dans le rôle de Salomé ; Suzanne Auclaire (Suzanne Desprès) qui jouait le Page ; enfin M. Lugné Poé, qui tenait le personnage d'Hérode. La presse se montra fort tiède d'éloges à ce spectacle que ni Sarcey, ni Jules Lemaître ne parurent entendre.

suite dans un recueil collectif d'œuvres scéniques, du même auteur,
comprenant La Sainte Courtisane *et* A Florentine Tragedy,
il nous semble qu'on aura quelque agrément à trouver cet ouvrage
dépouillé de toutes les productions dont on se plut à l'entourer.
Nous le donnons donc tel que l'auteur le vit paraître en 1893
(alors que Marcel Schwob *consentait à revoir les épreuves).*

A MON AMI

PIERRE LOUŸS

PERSONNES

HÉRODE ANTIPAS, Tétrarque de Judée.
IOKANAAN, le prophète.
LE JEUNE SYRIEN, capitaine de la garde.
TIGELLIN, un jeune Romain.
UN CAPPADOCIEN.
UN NUBIEN.
PREMIER SOLDAT.
SECOND SOLDAT.
LE PAGE D'HÉRODIAS.
DES JUIFS, DES NAZARÉENS, etc.
UN ESCLAVE.
NAAMAN, le bourreau.

HÉRODIAS, femme du Tétrarque.
SALOMÉ, fille d'Hérodias.
LES ESCLAVES DE SALOMÉ.

SCÈNE

Une grande terrasse dans le palais d'Hérode donnant sur la salle de festin. Des soldats sont accoudés sur le balcon. A droite il y a un énorme escalier. A gauche, au fond, une ancienne citerne entourée d'un mur de bronze vert. Clair de lune.

LE JEUNE SYRIEN

Comme la princesse Salomé est belle ce soir !

LE PAGE D'HÉRODIAS

Regardez la lune. La lune a l'air très étrange. On dirait une femme qui sort d'un tombeau. Elle ressemble à une femme morte. On dirait qu'elle cherche des morts.

LE JEUNE SYRIEN

Elle a l'air très étrange. Elle ressemble à une petite princesse qui porte un voile jaune, et a des pieds d'argent. Elle ressemble à une princesse qui a des pieds comme des petites colombes blanches... On dirait qu'elle danse.

LE PAGE D'HÉRODIAS

Elle est comme une femme morte. Elle va très lente-
ment.

Bruit dans la salle de festin.

PREMIER SOLDAT

Quel vacarme ! Qui sont ces bêtes fauves qui hurlent ?

SECOND SOLDAT

Les Juifs. Ils sont toujours ainsi. C'est sur leur religion
qu'ils discutent.

PREMIER SOLDAT

Pourquoi discutent-ils sur leur religion ?

SECOND SOLDAT

Je ne sais pas. Ils le font toujours. Ainsi les Pharisiens
affirment qu'il y a des anges, et les Sadducéens disent que
les anges n'existent pas.

PREMIER SOLDAT

Je trouve que c'est ridicule de discuter sur de telles
choses.

LE JEUNE SYRIEN

Comme la princesse Salomé est belle ce soir !

LE PAGE D'HÉRODIAS

Vous la regardez toujours. Vous la regardez trop. Il ne faut pas regarder les gens de cette façon... Il peut arriver un malheur.

LE JEUNE SYRIEN

Elle est très belle ce soir.

PREMIER SOLDAT

Le tétrarque a l'air sombre.

SECOND SOLDAT

Oui, il a l'air sombre.

PREMIER SOLDAT

Il regarde quelque chose.

SECOND SOLDAT

Il regarde quelqu'un.

PREMIER SOLDAT

Qui regarde-t-il ?

SECOND SOLDAT

Je ne sais pas.

LE JEUNE SYRIEN

Comme la princesse est pâle ! Jamais je ne l'ai vue si pâle. Elle ressemble au reflet d'une rose blanche dans un miroir d'argent.

LE PAGE D'HÉRODIAS

Il ne faut pas la regarder. Vous la regardez trop !

PREMIER SOLDAT

Hérodias a versé à boire au tétrarque.

LE CAPPADOCIEN

C'est la reine Hérodias, celle-là qui porte la mitre noire semée de perles et qui a les cheveux poudrés de bleu ?

PREMIER SOLDAT

Oui, c'est Hérodias. C'est la femme du tétrarque.

SECOND SOLDAT

Le tétrarque aime beaucoup le vin. Il possède des vins de trois espèces. Un qui vient de l'île de Samothrace, qui est pourpre comme le manteau de César.

LE CAPPADOCIEN

Je n'ai jamais vu César.

SECOND SOLDAT

Un autre qui vient de la ville de Chypre, qui est jaune comme de l'or.

LE CAPPADOCIEN

J'aime beaucoup l'or.

SECOND SOLDAT

Et le troisième qui est un vin sicilien. Ce vin-là est rouge comme le sang.

LE NUBIEN

Les dieux de mon pays aiment beaucoup le sang. Deux fois par an nous leur sacrifions des jeunes hommes et des vierges : cinquante jeunes hommes et cent vierges. Mais il semble que nous ne leur donnons jamais assez, car ils sont très durs envers nous.

LE CAPPADOCIEN

Dans mon pays il n'y a pas de dieux à présent, les
Romains les ont chassés. Il y en a qui disent qu'ils se sont
réfugiés dans les montagnes, mais je ne le crois pas. Moi,
j'ai passé trois nuits sur les montagnes les cherchant partout. Je ne les ai pas trouvés. Enfin je les ai appelés par
leurs noms et ils n'ont pas paru. Je pense qu'ils sont
morts.

PREMIER SOLDAT

Les Juifs adorent un Dieu qu'on ne peut pas voir.

LE CAPPADOCIEN

Je ne peux pas comprendre cela.

PREMIER SOLDAT

Enfin, ils ne croient qu'aux choses qu'on ne peut pas
voir.

LE CAPPADOCIEN

Cela me semble absolument ridicule.

LA VOIX D'IOKANAAN

Après moi viendra un autre encore plus puissant que
moi. Je ne suis pas digne même de délier la courroie de

ses sandales. Quand il viendra la terre déserte se réjouira. Elle fleurira comme le lis. Les yeux des aveugles verront le jour, et les oreilles des sourds seront ouvertes... Le nouveau-né mettra sa main sur le nid des dragons, et mènera les lions par leurs crinières.

SECOND SOLDAT

Faites-le taire. Il dit toujours des choses absurdes.

PREMIER SOLDAT

Mais non ; c'est un saint homme. Il est très doux aussi. Chaque jour je lui donne à manger. Il me remercie toujours.

LE CAPPADOCIEN

Qui est-ce ?

PREMIER SOLDAT

C'est un prophète.

LE CAPPADOCIEN

Quel est son nom ?

PREMIER SOLDAT

Iokanaan.

LE CAPPADOCIEN

D'où vient-il ?

PREMIER SOLDAT

Du désert, où il se nourrissait de sauterelles et de miel sauvage. Il était vêtu de poil de chameau, et autour de ses reins il portait une ceinture de cuir. Son aspect était très farouche. Une grande foule le suivait. Il avait même des disciples.

LE CAPPADOCIEN

De quoi parle-t-il ?

PREMIER SOLDAT

Nous ne savons jamais. Quelquefois il dit des choses épouvantables, mais il est impossible de le comprendre.

LE CAPPADOCIEN

Peut-on le voir ?

PREMIER SOLDAT

Non. Le tétrarque ne le permet pas.

LE JEUNE SYRIEN

La princesse a caché son visage derrière son éventail ! Ses petites mains blanches s'agitent comme des colombes qui s'envolent vers leurs colombiers. Elles ressemblent à des papillons blancs. Elles sont tout à fait comme des papillons blancs.

LE PAGE D'HÉRODIAS

Mais qu'est-ce que cela vous fait ? Pourquoi la regarder ? Il ne faut pas la regarder... Il peut arriver un malheur.

LE CAPPADOCIEN
Montrant la citerne.

Quelle étrange prison !

SECOND SOLDAT

C'est une ancienne citerne.

LE CAPPADOCIEN

Une ancienne citerne ! cela doit être très malsain.

SECOND SOLDAT

Mais non. Par exemple, le frère du tétrarque, son frère aîné, le premier mari de la reine Hérodias, a été enfermé là-dedans pendant douze années. Il n'en est pas mort. A la fin il a fallu l'étrangler.

LE CAPPADOCIEN

L'étrangler ? Qui a osé faire cela ?

SECOND SOLDAT

Montrant le bourreau, un grand nègre.

Celui-là, Naaman.

LE CAPPADOCIEN

Il n'a pas eu peur ?

SECOND SOLDAT

Mais non. Le tétrarque lui a envoyé la bague.

LE CAPPADOCIEN

Quelle bague ?

SECOND SOLDAT

La bague de la mort. Ainsi, il n'a pas eu peur.

LE CAPPADOCIEN

Cependant, c'est terrible d'étrangler un roi.

PREMIER SOLDAT

Pourquoi? Les rois n'ont qu'un cou, comme les autres hommes.

LE CAPPADOCIEN

Il me semble que c'est terrible.

LE JEUNE SYRIEN

Mais la princesse se lève ! Elle quitte la table ! Elle a l'air très ennuyée. Ah ! elle vient par ici. Oui, elle vient vers nous. Comme elle est pâle. Jamais je ne l'ai vue si pâle...

LE PAGE D'HÉRODIAS

Ne la regardez pas. Je vous prie de ne pas la regarder.

LE JEUNE SYRIEN

Elle est comme une colombe qui s'est égarée... Elle est comme un narcisse agité du vent... Elle ressemble à une fleur d'argent.

Entre Salomé.

SALOMÉ

Je ne resterai pas. Je ne peux pas rester. Pourquoi le tétrarque me regarde-t-il toujours avec ses yeux de taupe sous ses paupières tremblantes ?... C'est étrange que le mari de ma mère me regarde comme cela. Je ne sais pas ce que cela veut dire... Au fait, si, je le sais.

LE JEUNE SYRIEN

Vous venez de quitter le festin, princesse ?

SALOMÉ

Comme l'air est frais ici ! Enfin, ici on respire ! Là-dedans il y a des Juifs de Jérusalem qui se déchirent à cause de leurs ridicules cérémonies, et des barbares qui boivent toujours et jettent leur vin sur les dalles, et des Grecs de Smyrne avec leurs yeux peints et leurs joues fardées, et leurs cheveux frisés en spirales, et des Égyptiens, silencieux, subtils, avec leurs ongles de jade et leurs manteaux bruns, et des Romains avec leur brutalité, leur lourdeur, leurs gros mots. Ah ! que je déteste les Romains ! Ce sont des gens communs, et ils se donnent des airs de grands seigneurs.

LE JEUNE SYRIEN

Ne voulez-vous pas vous asseoir, princesse ?

LE PAGE D'HÉRODIAS

Pourquoi lui parler ? Pourquoi la regarder ?... Oh ! il va arriver un malheur.

SALOMÉ

Que c'est bon de voir la lune ! Elle ressemble à une petite pièce de monnaie. On dirait une toute petite fleur d'argent. Elle est froide et chaste, la lune... Je suis sûre qu'elle est vierge. Elle a la beauté d'une vierge... Oui, elle est vierge. Elle ne s'est jamais souillée. Elle ne s'est jamais donnée aux hommes, comme les autres Déesses.

LA VOIX D'IOKANAAN

Il est venu, le Seigneur ! Il est venu, le fils de l'Homme. Les centaures se sont cachés dans les rivières, et les sirènes ont quitté les rivières et couchent sous les feuilles dans les forêts.

SALOMÉ

Qui a crié cela ?

SECOND SOLDAT

C'est le prophète, princesse.

SALOMÉ

Ah ! le prophète. Celui dont le tétrarque a peur ?

SECOND SOLDAT

Nous ne savons rien de cela, princesse. C'est le prophète Iokanaan.

LE JEUNE SYRIEN

Voulez-vous que je commande votre litière, princesse ? Il fait très beau dans le jardin.

SALOMÉ

Il dit des choses monstrueuses, à propos de ma mère, n'est-ce pas?

SECOND SOLDAT

Nous ne comprenons jamais ce qu'il dit, princesse.

SALOMÉ

Oui, il dit des choses monstrueuses d'elle.

UN ESCLAVE

Princesse, le tétrarque vous prie de retourner au festin.

SALOMÉ

Je n'y retournerai pas.

LE JEUNE SYRIEN

Pardon, princesse, mais si vous n'y retourniez pas il pourrait arriver un malheur.

SALOMÉ

Est-ce un vieillard, le prophète?

LE JEUNE SYRIEN

Princesse, il vaudrait mieux retourner. Permettez-moi de vous reconduire.

SALOMÉ

Le prophète... est-ce un vieillard ?

PREMIER SOLDAT

Non, princesse, c'est un tout jeune homme.

SECOND SOLDAT

On ne le sait pas. Il y en a qui disent que c'est Élie ?

SALOMÉ

Qui est Élie ?

SECOND SOLDAT

Un très ancien prophète de ce pays, princesse.

UN ESCLAVE

Quelle réponse dois-je donner au tétrarque de la part de la princesse ?

LA VOIX D'IOKANAAN

Ne te réjouis point, terre de Palestine, parce que la

3

verge de celui qui te frappait a été brisée. Car de la race du serpent il sortira un basilic, et ce qui en naîtra dévorera les oiseaux.

SALOMÉ

Quelle étrange voix ! Je voudrais bien lui parler.

PREMIER SOLDAT

J'ai peur que ce soit impossible, princesse. Le tétrarque ne veut pas qu'on lui parle. Il a même défendu au grand prêtre de lui parler.

SALOMÉ

Je veux lui parler.

PREMIER SOLDAT

C'est impossible, princesse.

SALOMÉ

Je le veux.

LE JEUNE SYRIEN

En effet, princesse, il vaudrait mieux retourner au festin.

SALOMÉ

Faites sortir le prophète.

PREMIER SOLDAT

Nous n'osons pas, princesse.

SALOMÉ

S'approchant de la citerne et y regardant.

Comme il fait noir là-dedans ! Cela doit être terrible d'être dans un trou si noir ! Cela ressemble à une tombe... *(aux soldats)* Vous ne m'avez pas entendue ? Faites-le sortir. Je veux le voir.

SECOND SOLDAT

Je vous prie, princesse, de ne pas nous demander cela.

SALOMÉ

Vous me faites attendre.

PREMIER SOLDAT

Princesse, nos vies vous appartiennent, mais nous ne pouvons pas faire ce que vous nous demandez... Enfin, ce n'est pas à nous qu'il faut vous adresser.

SALOMÉ

Regardant le jeune Syrien.

Ah !

LE PAGE D'HÉRODIAS

Oh ! qu'est-ce qu'il va arriver ? Je suis sûr qu'il va arriver un malheur.

SALOMÉ

S'approchant du jeune Syrien.

Vous ferez cela pour moi, n'est-ce pas, Narraboth ?
Vous ferez cela pour moi ? J'ai toujours été douce pour
vous. N'est-ce pas que vous ferez cela pour moi ? Je veux
seulement le regarder, cet étrange prophète. On a tant
parlé de lui. J'ai si souvent entendu le tétrarque parler
de lui. Je pense qu'il a peur de lui, le tétrarque. Je suis
sûre qu'il a peur de lui... Est-ce que vous aussi, Narraboth, est-ce que vous aussi vous en avez peur ?

LE JEUNE SYRIEN

Je n'ai pas peur de lui, princesse. Je n'ai peur de personne. Mais le tétrarque a formellement défendu qu'on
lève le couvercle de ce puits.

SALOMÉ

Vous ferez cela pour moi, Narraboth, et demain quand
je passerai dans ma litière sous la porte des vendeurs
d'idoles, je laisserai tomber une petite fleur pour vous,
une petite fleur verte.

LE JEUNE SYRIEN

Princesse, je ne peux pas, je ne peux pas.

SALOMÉ
Souriant.

Vous ferez cela pour moi, Narraboth. Vous savez bien que vous ferez cela pour moi. Et demain quand je passerai dans ma litière sur le pont des acheteurs d'idoles je vous regarderai à travers les voiles de mousseline, je vous regarderai, Narraboth, je vous sourirai, peut-être. Regardez-moi, Narraboth. Regardez-moi. Ah! vous savez bien que vous allez faire ce que je vous demande. Vous le savez bien, n'est-ce pas ?... Moi, je sais bien.

LE JEUNE SYRIEN
Faisant un signe au troisième soldat.

Faites sortir le prophète... La princesse Salomé veut le voir.

SALOMÉ

Ah !

LE PAGE D'HÉRODIAS

Oh ! comme la lune a l'air étrange ! On dirait la main d'une morte qui cherche à se couvrir avec un linceul.

LE JEUNE SYRIEN

Elle a l'air très étrange. On dirait une petite princesse

qui a des yeux d'ambre. A travers les nuages de mousseline elle sourit comme une petite princesse.

Le prophète sort de la citerne. Salomé le regarde et recule.

IOKANAAN

Où est celui dont la coupe d'abominations est déjà
pleine ? Où est celui qui en robe d'argent mourra un jour
devant tout le peuple ? Dites-lui de venir afin qu'il puisse
entendre la voix de celui qui a crié dans les déserts et
dans les palais des rois.

SALOMÉ

De qui parle-t-il ?

LE JEUNE SYRIEN

On ne sait jamais, princesse.

IOKANAAN

Où est celle qui ayant vu des hommes peints sur la
muraille, des images de Chaldéens tracées avec des couleurs, s'est laissée emporter à la concupiscence de ses
yeux, et a envoyé des ambassadeurs en Chaldée ?

SALOMÉ

C'est de ma mère qu'il parle.

LE JEUNE SYRIEN

Mais non, princesse.

SALOMÉ

Si, c'est de ma mère.

IOKANAAN

Où est celle qui s'est abandonnée aux capitaines des Assyriens, qui ont des baudriers sur les reins, et sur la tête des tiares de différentes couleurs ? Où est celle qui s'est abandonnée aux jeunes hommes d'Égypte qui sont vêtus de lin et d'hyacinthe, et portent des boucliers d'or et des casques d'argent, et qui ont de grands corps ? Dites-lui de se lever de la couche de son impudicité, de sa couche incestueuse, afin qu'elle puisse entendre les paroles de celui qui prépare la voie du Seigneur ; afin qu'elle se repente de ses péchés. Quoiqu'elle ne se repentira jamais, mais restera dans ses abominations, dites-lui de venir, car le Seigneur a son fléau dans la main.

SALOMÉ

Mais il est terrible, il est terrible.

LE JEUNE SYRIEN

Ne restez pas ici, princesse, je vous en prie.

SALOMÉ

Ce sont les yeux surtout qui sont terribles. On dirait des trous noirs laissés par des flambeaux sur une tapisserie de Tyr. On dirait des cavernes noires où demeurent des dragons, des cavernes noires d'Égypte où les dragons trouvent leur asile. On dirait des lacs noirs troublés par des lunes fantastiques... Pensez-vous qu'il parlera encore ?

LE JEUNE SYRIEN

Ne restez pas ici, princesse ! Je vous prie de ne pas rester ici.

SALOMÉ

Comme il est maigre aussi ! il ressemble à une mince image d'ivoire. On dirait une image d'argent. Je suis sûre qu'il est chaste, autant que la lune. Il ressemble à un rayon d'argent. Sa chair doit être très froide, comme de l'ivoire... Je veux le regarder de près.

LE JEUNE SYRIEN

Non, non, princesse !

SALOMÉ

Il faut que je le regarde de près.

LE JEUNE SYRIEN

Princesse ! Princesse !

IOKANAAN

Qui est cette femme qui me regarde ? Je ne veux pas qu'elle me regarde. Pourquoi me regarde-t-elle avec ses yeux d'or sous ses paupières dorées? Je ne sais pas qui c'est. Je ne veux pas le savoir. Dites-lui de s'en aller. Ce n'est pas à elle que je veux parler.

SALOMÉ

Je suis Salomé, fille d'Hérodias, princesse de Judée.

IOKANAAN

Arrière ! Fille de Babylone ! N'approchez pas de l'élu du Seigneur. Ta mère a rempli la terre du vin de ses iniquités, et le cri de ses péchés est arrivé aux oreilles de Dieu.

SALOMÉ

Parle encore, Iokanaan. Ta voix m'enivre.

LE JEUNE SYRIEN

Princesse ! Princesse ! Princesse !

SALOMÉ

Mais parle encore. Parle encore, Iokanaan, et dis-moi ce qu'il faut que je fasse.

IOKANAAN

Ne m'approchez pas, fille de Sodome, mais couvrez votre visage avec un voile, et mettez des cendres sur votre tête, et allez dans le désert chercher le fils de l'Homme.

SALOMÉ

Qui est-ce, le fils de l'Homme ? Est-il aussi beau que toi, Iokanaan ?

IOKANAAN

Arrière ! Arrière ! J'entends dans le palais le battement des ailes de l'ange de la mort.

LE JEUNE SYRIEN

Princesse, je vous supplie de rentrer !

IOKANAAN

Ange du Seigneur Dieu, que fais-tu ici avec ton glaive ? Qui cherches-tu dans cet immonde palais ?... Le jour de celui qui mourra en robe d'argent n'est pas venu.

SALOMÉ

Iokanaan !

IOKANAAN

Qui parle ?

SALOMÉ

Iokanaan ! Je suis amoureuse de ton corps. Ton corps est blanc comme le lis d'un pré que le faucheur n'a jamais fauché. Ton corps est blanc comme les neiges qui couchent sur les montagnes, comme les neiges qui couchent sur les montagnes de Judée, et descendent dans les vallées. Les roses du jardin de la reine d'Arabie ne sont pas aussi blanches que ton corps. Ni les roses du jardin de la reine d'Arabie, ni les pieds de l'aurore qui trépignent sur les feuilles, ni le sein de la lune quand elle couche sur le sein de la mer... Il n'y a rien au monde d'aussi blanc que ton corps. — Laisse-moi toucher ton corps !

IOKANAAN

Arrière, fille de Babylone ! C'est par la femme que le mal est entré dans le monde. Ne me parlez pas. Je ne veux pas t'écouter. Je n'écoute que les paroles du Seigneur Dieu.

SALOMÉ

Ton corps est hideux. Il est comme le corps d'un

lépreux. Il est comme un mur de plâtre où les vipères sont passées, comme un mur de plâtre où les scorpions ont fait leur nid. Il est comme un sépulcre blanchi, et qui est plein de choses dégoûtantes. Il est horrible, il est horrible ton corps !... C'est de tes cheveux que je suis amoureuse, Iokanaan. Tes cheveux ressemblent à des grappes de raisins, à des grappes de raisins noirs qui pendent des vignes d'Edom dans le pays des Edomites. Tes cheveux sont comme les cèdres du Liban, comme les grands cèdres du Liban qui donnent de l'ombre aux lions et aux voleurs qui veulent se cacher pendant la journée. Les longues nuits noires, les nuits où la lune ne se montre pas, où les étoiles ont peur, ne sont pas aussi noires. Le silence qui demeure dans les forêts n'est pas aussi noir. Il n'y a rien au monde d'aussi noir que tes cheveux... Laisse-moi toucher tes cheveux.

IOKANAAN

Arrière, fille de Sodome ! Ne me touchez pas. Il ne faut pas profaner le temple du Seigneur Dieu.

SALOMÉ

Tes cheveux sont horribles. Ils sont couverts de boue et de poussière. On dirait une couronne d'épines qu'on a placée sur ton front. On dirait un nœud de serpents noirs

qui se tortillent autour de ton cou. Je n'aime pas tes
cheveux... C'est de ta bouche que je suis amoureuse,
Iokanaan. Ta bouche est comme une bande d'écarlate sur
une tour d'ivoire. Elle est comme une pomme de grenade
coupée par un couteau d'ivoire. Les fleurs de grenade
qui fleurissent dans les jardins de Tyr et sont plus rouges
que les roses, ne sont pas aussi rouges. Les cris rouges
des trompettes qui annoncent l'arrivée des rois, et font
peur à l'ennemi ne sont pas aussi rouges. Ta bouche est
plus rouge que les pieds de ceux qui foulent le vin dans
les pressoirs. Elle est plus rouge que les pieds des
colombes qui demeurent dans les temples et sont nourries
par les prêtres. Elle est plus rouge que les pieds de celui
qui revient d'une forêt où il a tué un lion et vu des tigres
dorés. Ta bouche est comme une branche de corail que
des pêcheurs ont trouvée dans le crépuscule de la mer et
qu'ils réservent pour les rois... ! Elle est comme le vermillon que les Moabites trouvent dans les mines de Moab
et que les rois leur prennent. Elle est comme l'arc du roi
des Perses qui est peint avec du vermillon et qui a des
cornes de corail. Il n'y a rien au monde d'aussi rouge que
ta bouche... laisse-moi baiser ta bouche.

IOKANAAN

Jamais ! fille de Babylone ! Fille de Sodome ! jamais.

SALOMÉ

Je baiserai ta bouche, Iokanaan. Je baiserai ta bouche.

LE JEUNE SYRIEN

Princesse, princesse, toi qui es comme un bouquet de myrrhe, toi qui es la colombe des colombes, ne regarde pas cet homme, ne le regarde pas ! Ne lui dis pas de telles choses. Je ne peux pas les souffrir... Princesse, princesse, ne dis pas de ces choses.

SALOMÉ

Je baiserai ta bouche, Iokanaan.

LE JEUNE SYRIEN

Ah !

Il se tue et tombe entre Salomé et Iokanaan.

LE PAGE D'HÉRODIAS

Le jeune Syrien s'est tué ! le jeune capitaine s'est tué ! Il s'est tué, celui qui était mon ami ! Je lui avais donné une petite boîte de parfums, et des boucles d'oreilles faites en argent, et maintenant il s'est tué ! Ah ! n'a-t-il pas prédit qu'un malheur allait arriver?... Je l'ai prédit moi-même et il est arrivé. Je savais bien que la lune cherchait

un mort, mais je ne savais pas que c'était lui qu'elle
cherchait. Ah ! pourquoi ne l'ai-je pas caché de la lune ?
Si je l'avais caché dans une caverne elle ne l'aurait pas
vu.

LE PREMIER SOLDAT

Princesse, le jeune capitaine vient de se tuer.

SALOMÉ

Laisse-moi baiser ta bouche, Iokanaan.

IOKANAAN

N'avez-vous pas peur, fille d'Hérodias ? Ne vous ai-je
pas dit que j'avais entendu dans le palais le battement
des ailes de l'ange de la mort, et l'ange n'est-il pas venu ?

SALOMÉ

Laisse-moi baiser ta bouche.

IOKANAAN

Fille d'adultère, il n'y a qu'un homme qui puisse te
sauver. C'est celui dont je t'ai parlé. Allez le chercher.
Il est dans un bateau sur la mer de Galilée, et il parle à
ses disciples. Agenouillez-vous au bord de la mer, et
appelez-le par son nom. Quand il viendra vers vous, et

il vient vers tous ceux qui l'appellent, prosternez-vous à ses pieds et demandez-lui la rémission de vos péchés.

SALOMÉ

Laisse-moi baiser ta bouche.

IOKANAAN

Soyez maudite, fille d'une mère incestueuse, soyez maudite.

SALOMÉ

Je baiserai ta bouche, Iokanaan.

IOKANAAN

Je ne veux pas te regarder. Je ne te regarderai pas. Tu es maudite, Salomé, tu es maudite.

Il descend dans la citerne.

SALOMÉ

Je baiserai ta bouche, Iokanaan, je baiserai ta bouche.

LE PREMIER SOLDAT

Il faut faire transporter le cadavre ailleurs. Le tétrarque n'aime pas regarder les cadavres, sauf les cadavres de ceux qu'il a tués lui-même.

LE PAGE D'HÉRODIAS

Il était mon frère, et plus proche qu'un frère. Je lui ai donné une petite boîte qui contenait des parfums, et une bague d'agate qu'il portait toujours à la main. Le soir nous nous promenions au bord de la rivière et parmi les amandiers et il me racontait des choses de son pays. Il parlait toujours très bas. Le son de sa voix ressemblait au son de la flûte d'un joueur de flûte. Aussi il aimait beaucoup à se regarder dans la rivière. Je lui ai fait des reproches pour cela.

SECOND SOLDAT

Vous avez raison ; il faut cacher le cadavre. Il ne faut pas que le tétrarque le voie.

PREMIER SOLDAT

Le tétrarque ne viendra pas ici. Il ne vient jamais sur la terrasse. Il a trop peur du prophète.

Entrée d'Hérode, d'Hérodias et de toute la cour.

HÉRODE

Où est Salomé ? Où est la princesse ? Pourquoi n'est-elle pas retournée au festin comme je le lui avais commandé ? ah ! la voilà !

HÉRODIAS

Il ne faut pas la regarder. Vous la regardez toujours !

HÉRODE

La lune a l'air très étrange ce soir. N'est-ce pas que la lune a l'air très étrange ? On dirait une femme hystérique, une femme hystérique qui va cherchant des amants partout. Elle est nue aussi. Elle est toute nue. Les nuages cherchent à la vêtir, mais elle ne veut pas. Elle chancelle à travers les nuages comme une femme ivre... Je suis sûr qu'elle cherche des amants... N'est-ce pas qu'elle chancelle comme une femme ivre ? Elle ressemble à une femme hystérique, n'est-ce pas ?

HÉRODIAS

Non. La lune ressemble à la [lune, c'est tout. Rentrons... Vous n'avez rien à faire ici.

HÉRODE

Je resterai ! Manassé, mettez des tapis là. Allumez des flambeaux. Apportez les tables d'ivoire, et les tables de jaspe. L'air ici est délicieux. Je boirai encore du vin avec mes hôtes. Aux ambassadeurs de César il faut faire tout honneur.

HÉRODIAS

Ce n'est pas à cause d'eux que vous restez.

HÉRODE

Oui, l'air est délicieux. Viens, Hérodias, nos hôtes
nous attendent. Ah ! j'ai glissé ! j'ai glissé dans le sang !
C'est d'un mauvais présage. C'est d'un très mauvais présage. Pourquoi y a-t-il du sang ici?... Et ce cadavre?
Que fait ici ce cadavre ? Pensez-vous que je sois comme
le roi d'Égypte qui ne donne jamais un festin sans montrer
un cadavre à ses hôtes ? Enfin, qui est-ce ? Je ne veux pas
le regarder.

PREMIER SOLDAT

C'est notre capitaine, Seigneur. C'est le jeune Syrien
que vous avez fait capitaine il y a trois jours seulement.

HÉRODE

Je n'ai donné aucun ordre de le tuer.

SECOND SOLDAT

Il s'est tué lui-même, Seigneur.

HÉRODE

Pourquoi ? Je l'ai fait capitaine !

SECOND SOLDAT

Nous ne savons pas, Seigneur. Mais il s'est tué lui-même.

HÉRODE

Cela me semble étrange. Je pensais qu'il n'y avait que les philosophes romains qui se tuaient. N'est-ce pas, Tigellin, que les philosophes à Rome se tuent ?

TIGELLIN

Il y en a qui se tuent, Seigneur. Ce sont les Stoïciens. Ce sont des gens très grossiers. Enfin, ce sont des gens très ridicules. Moi, je les trouve très ridicules.

HÉRODE

Moi aussi. C'est ridicule de se tuer.

TIGELLIN

On rit beaucoup d'eux à Rome. L'empereur a fait un poème satirique contre eux. On le récite partout.

HÉRODE

Ah ! il a fait un poème satirique contre eux ? César est merveilleux. Il peut tout faire... C'est étrange qu'il se soit tué, le jeune Syrien. Je le regrette. Oui, je le regrette beaucoup. Car il était beau. Il était même très beau. Il avait des yeux très langoureux. Je me rappelle que je l'ai vu regardant Salomé d'une façon langoureuse. En effet, j'ai trouvé qu'il l'avait un peu trop regardée.

HÉRODIAS

Il y en a d'autres qui la regardent trop.

HÉRODE

Son père était roi. Je l'ai chassé de son royaume. Et de sa mère qui était reine vous avez fait une esclave, Hérodias. Ainsi, il était ici comme un hôte. C'était à cause de cela que je l'avais fait capitaine. Je regrette qu'il soit mort... Enfin, pourquoi avez-vous laissé le cadavre ici ? Il faut l'emporter ailleurs. Je ne veux pas le voir... Emportez-le... (*On emporte le cadavre.*) Il fait froid ici. Il y a du vent ici. N'est-ce pas qu'il y a du vent ?

HÉRODIAS

Mais non. Il n'y a pas de vent.

HÉRODE

Mais si, il y a du vent... Et j'entends dans l'air

quelque chose comme un battement d'ailes, comme un battement d'ailes gigantesques. Ne l'entendez-vous pas ?

HÉRODIAS

Je n'entends rien.

HÉRODE

Je ne l'entends plus moi-même. Mais je l'ai entendu. C'était le vent sans doute. C'est passé. Mais non, je l'entends encore. Ne l'entendez-vous pas ? C'est tout à fait comme un battement d'ailes.

HÉRODIAS

Je vous dis qu'il n'y a rien. Vous êtes malade. Rentrons.

HÉRODE

Je ne suis pas malade. C'est votre fille qui est malade. Elle a l'air très malade, votre fille. Jamais je ne l'ai vue si pâle.

HÉRODIAS

Je vous ai dit de ne pas la regarder.

HÉRODE

Versez du vin. *(On apporte du vin.)* Salomé, venez boire un peu de vin avec moi. J'ai un vin ici qui est exquis.

C'est César lui-même qui me l'a envoyé. Trempez là-
dedans vos petites lèvres rouges et ensuite je viderai la
coupe.

SALOMÉ

Je n'ai pas soif, tétrarque.

HÉRODE

Vous entendez comme elle me répond, votre fille.

HÉRODIAS

Je trouve qu'elle a bien raison. Pourquoi la regardez-
vous toujours ?

HÉRODE

Apportez des fruits. *(On apporte des fruits.)* Salomé, venez
manger du fruit avec moi. J'aime beaucoup voir dans un
fruit la morsure de tes petites dents. Mordez un tout
petit morceau de ce fruit, et ensuite je mangerai ce qui
reste.

SALOMÉ

Je n'ai pas faim, tétrarque.

HÉRODE

A Hérodias.

Voilà comme vous l'avez élevée, votre fille.

HÉRODIAS

Ma fille et moi, nous descendons d'une race royale. Quant à toi, ton grand-père gardait des chameaux ! Aussi, c'était un voleur !

HÉRODE

Tu mens !

HÉRODIAS

Tu sais bien que c'est la vérité.

HÉRODE

Salomé, viens t'asseoir près de moi. Je te donnerai le trône de ta mère.

SALOMÉ

Je ne suis pas fatiguée, tétrarque.

HÉRODIAS

Vous voyez bien ce qu'elle pense de vous.

HÉRODE

Apportez... Qu'est-ce que je veux ? Je ne sais pas. Ah ! Ah ! je m'en souviens...

LA VOIX D'IOKANAAN

Voici le temps ! Ce que j'ai prédit est arrivé, dit le Seigneur Dieu. Voici le jour dont j'avais parlé.

HÉRODIAS

Faites-le taire. Je ne veux pas entendre sa voix. Cet homme vomit toujours des injures contre moi.

HÉRODE

Il n'a rien dit contre vous. Aussi, c'est un très grand prophète.

HÉRODIAS

Je ne crois pas aux prophètes. Est-ce qu'un homme peut dire ce qui doit arriver ? Personne ne le sait. Aussi, il m'insulte toujours. Mais je pense que vous avez peur de lui... Enfin, je sais bien que vous avez peur de lui.

HÉRODE

Je n'ai pas peur de lui. Je n'ai peur de personne.

HÉRODIAS

Si, vous avez peur de lui. Si vous n'aviez pas peur de lui, pourquoi ne pas le livrer aux Juifs qui depuis six mois vous le demandent ?

6

UN JUIF

En effet, Seigneur, il serait mieux de nous le livrer.

HÉRODE

Assez sur ce point. Je vous ai déjà donné ma réponse. Je ne veux pas vous le livrer. C'est un homme qui a vu Dieu.

UN JUIF

Cela, c'est impossible. Personne n'a vu Dieu depuis le prophète Elie. Lui c'est le dernier qui ait vu Dieu. En ce temps-ci, Dieu ne se montre pas. Il se cache. Et par conséquent il y a de grands malheurs dans le pays.

UN AUTRE JUIF

Enfin, on ne sait pas si le prophète Élie a réellement vu Dieu. C'était plutôt l'ombre de Dieu qu'il a vue.

UN TROISIÈME JUIF

Dieu ne se cache jamais. Il se montre toujours et dans toute chose. Dieu est dans le mal comme dans le bien.

UN QUATRIÈME JUIF

Il ne faut pas dire cela. C'est une idée très dangereuse.

C'est une idée qui vient des écoles d'Alexandrie où on enseigne la philosophie grecque. Et les Grecs sont des gentils. Ils ne sont pas même circoncis.

UN CINQUIÈME JUIF

On ne peut pas savoir comment Dieu agit, ses voies sont très mystérieuses. Peut-être ce que nous appelons le mal est le bien, et ce que nous appelons le bien est le mal. On ne peut rien savoir. Le nécessaire c'est de se soumettre à tout. Dieu est très fort. Il brise au même temps les faibles et les forts. Il n'a aucun souci de personne.

LE PREMIER JUIF

C'est vrai cela. Dieu est terrible. Il brise les faibles et les forts comme on brise le blé dans un mortier. Mais cet homme n'a jamais vu Dieu. Personne n'a vu Dieu depuis le prophète Élie.

HÉRODIAS

Faites-les taire. Ils m'ennuient.

HÉRODE

Mais j'ai entendu dire qu'Iokanaan lui-même est votre prophète Élie.

UN JUIF

Cela ne se peut pas. Depuis le temps du prophète Élie il y a plus de trois cents ans.

HÉRODE

Il y en a qui disent que c'est le prophète Élie.

UN NAZARÉEN

Mais, je suis sûr que c'est le prophète Elie.

UN JUIF

Mais non, ce n'est pas le prophète Élie.

LA VOIX D'IOKANAAN

Le jour est venu, le jour du Seigneur, et j'entends sur les montagnes les pieds de celui qui sera le Sauveur du monde.

HÉRODE

Qu'est-ce que cela veut dire ? Le Sauveur du monde ?

TIGELLIN

C'est un titre que prend César.

HÉRODE

Mais César ne vient pas en Judée. J'ai reçu hier des
lettres de Rome. On ne m'a rien dit de cela. Enfin, vous,
Tigellin, qui avez été à Rome pendant l'hiver, vous n'avez
rien entendu dire de cela ?

TIGELLIN

En effet, Seigneur, je n'en ai pas entendu parler.
J'explique seulement le titre. C'est un des titres de
César.

HÉRODE

Il ne peut pas venir, César. Il est goutteux. On dit
qu'il a des pieds d'éléphant. Aussi il y a des raisons
d'État. Celui qui quitte Rome perd Rome. Il ne viendra
pas. Mais, enfin, c'est le maître, César. Il viendra s'il
veut. Mais je ne pense pas qu'il vienne.

LE PREMIER NAZARÉEN

Ce n'est pas de César que le prophète a parlé, Seigneur.

HÉRODE

Pas de César ?

LE PREMIER NAZARÉEN

Non, Seigneur.

HÉRODE

De qui donc a-t-il parlé ?

LE PREMIER NAZARÉEN

Du Messie qui est venu.

UN JUIF

Le Messie n'est pas venu.

LE PREMIER NAZARÉEN

Il est venu, et il fait des miracles partout.

HÉRODIAS

Oh ! Oh ! les miracles. Je ne crois pas aux miracles. J'en ai vu trop. *(Au page.)* Mon éventail.

LE PREMIER NAZARÉEN

Cet homme fait de véritables miracles. Ainsi, à l'occasion d'un mariage qui a eu lieu dans une petite ville de Galilée, une ville assez importante, il a changé de l'eau en vin. Des personnes qui étaient là me l'ont dit. Aussi il a guéri deux lépreux qui étaient assis devant la porte de Capharnaüm, seulement en les touchant.

LE SECOND NAZARÉEN

Non, c'étaient deux aveugles qu'il a guéris à Capharnaüm.

LE PREMIER NAZARÉEN

Non, c'étaient des lépreux. Mais il a guéri des aveugles aussi, et on l'a vu sur une montagne parlant avec des anges.

UN SADDUCÉEN

Les anges n'existent pas.

UN PHARISIEN

Les anges existent, mais je ne crois pas que cet homme leur ait parlé.

LE PREMIER NAZARÉEN

Il a été vu par une foule de passants parlant avec des anges.

UN SADDUCÉEN

Pas avec des anges.

HÉRODIAS

Comme ils m'agacent, ces hommes ! Ils sont bêtes. Ils sont tout à fait bêtes. *(Au page.)* Eh ! bien, mon éventail. *(Le page lui donne l'éventail.)* Vous avez l'air de rêver. Il ne faut pas rêver. Les rêveurs sont des malades. *(Elle frappe le page avec son éventail.)*

LE SECOND NAZARÉEN

Aussi il y a le miracle de la fille de Jaïre.

LE PREMIER NAZARÉEN

Mais oui, c'est très certain cela. On ne peut pas le nier.

HÉRODIAS

Ces gens-là sont fous. Ils ont trop regardé la lune. Dites-leur de se taire.

HÉRODE

Qu'est-ce que c'est que cela, le miracle de la fille de Jaïre ?

LE PREMIER NAZARÉEN

La fille de Jaïre était morte. Il l'a ressuscitée.

HÉRODE

Il ressuscite les morts ?

LE PREMIER NAZARÉEN

Oui, Seigneur. Il ressuscite les morts.

HÉRODE

Je ne veux pas qu'il fasse cela. Je lui défends de faire cela. Je ne permets pas qu'on ressuscite les morts. Il faut chercher cet homme et lui dire que je ne lui permets pas de ressusciter les morts. Où est-il à présent, cet homme ?

LE SECOND NAZARÉEN

Il est partout, Seigneur, mais il est très difficile de le trouver.

LE PREMIER NAZARÉEN

On dit qu'il est en Samarie à présent.

UN JUIF

On voit bien que ce n'est pas le Messie, s'il est en Samarie. Ce n'est pas aux Samaritains que le Messie viendra. Les Samaritains sont maudits. Ils n'apportent jamais d'offrandes au temple.

LE SECOND NAZARÉEN

Il a quitté la Samarie il y a quelques jours. Moi, je crois qu'en ce moment-ci il est dans les environs de Jérusalem.

LE PREMIER NAZARÉEN

Mais non, il n'est pas là. Je viens justement d'arriver de Jérusalem. On n'a pas entendu parler de lui depuis deux mois.

HÉRODE

Enfin, cela ne fait rien ! Mais il faut le trouver et lui dire de ma part que je ne lui permets pas de ressusciter les morts. Changer de l'eau en vin, guérir les lépreux et les aveugles... il peut faire tout cela s'il le veut. Je n'ai rien à dire contre cela. En effet, je trouve que guérir les lépreux est une bonne action. Mais je ne permets pas qu'il ressuscite les morts... Ce serait terrible, si les morts reviennent.

LA VOIX D'IOKANAAN

Ah ! l'impudique ! la prostituée ! Ah ! la fille de Babylone avec ses yeux d'or et ses paupières dorées ! Voici ce que dit le Seigneur Dieu. Faites venir contre elle une multitude d'hommes. Que le peuple prenne des pierres et la lapide...

HÉRODIAS

Faites-le taire !

LA VOIX D'IOKANAAN

Que les capitaines de guerre la percent de leurs épées, qu'ils l'écrasent sous leurs boucliers.

HÉRODIAS

Mais, c'est infâme.

LA VOIX D'IOKANAAN

C'est ainsi que j'abolirai les crimes de dessus la terre, et que toutes les femmes apprendront à ne pas imiter les abominations de celle-là.

HÉRODIAS

Vous entendez ce qu'il dit contre moi? Vous le laissez insulter votre épouse?

HÉRODE

Mais il n'a pas dit votre nom.

HÉRODIAS

Qu'est-ce que cela fait? Vous savez bien que c'est moi qu'il cherche à insulter. Et je suis votre épouse, n'est-ce pas?

HÉRODE

Oui, chère et digne Hérodias, vous êtes mon épouse, et vous avez commencé par être l'épouse de mon frère.

HÉRODIAS

C'est vous qui m'avez arrachée de ses bras.

HÉRODE

En effet, j'étais le plus fort... mais ne parlons pas de cela. Je ne veux pas parler de cela. C'est à cause de cela que le prophète a dit des mots d'épouvante. Peut-être à cause de cela va-t-il arriver un malheur. N'en parlons pas... Noble Hérodias, nous oublions nos convives. Verse-moi à boire, ma bien-aimée. Remplissez de vin les grandes coupes d'argent et les grandes coupes de verre. Je vais boire à la santé de César. Il y a des Romains ici, il faut boire à la santé de César.

TOUS

César ! César !

HÉRODE

Vous ne remarquez pas comme votre fille est pâle.

HÉRODIAS

Qu'est-ce que cela vous fait qu'elle soit pâle ou non ?

HÉRODE

Jamais je ne l'ai vue si pâle.

HÉRODIAS

Il ne faut pas la regarder.

LA VOIX D'IOKANAAN

En ce jour-là le soleil deviendra noir comme un sac de poil, et la lune deviendra comme du sang, et les étoiles du ciel tomberont sur la terre comme les figues vertes tombent d'un figuier, et les rois de la terre auront peur.

HÉRODIAS

Ah ! Ah ! Je voudrais bien voir ce jour dont il parle, où la lune deviendra comme du sang et où les étoiles tomberont sur la terre comme des figues vertes. Ce prophète parle comme un homme ivre... Mais je ne peux pas souffrir le son de sa voix. Je déteste sa voix. Ordonnez qu'il se taise.

HÉRODE

Mais non. Je ne comprends pas ce qu'il a dit, mais cela peut être un présage.

HÉRODIAS

Je ne crois pas aux présages. Il parle comme un homme ivre.

HÉRODE

Peut-être qu'il est ivre du vin de Dieu !

HÉRODIAS

Quel vin est-ce, le vin de Dieu? De quelles vignes vient-il? Dans quel pressoir peut-on le trouver ?

HÉRODE

Il ne quitte plus Salomé du regard.

Tigellin, quand tu as été à Rome dernièrement, est-ce que l'empereur t'a parlé au sujet... ?

TIGELLIN

A quel sujet, Seigneur ?

HÉRODE

A quel sujet? Ah ! je vous ai adressé une question, n'est-ce pas? J'ai oublié ce que je voulais savoir.

HÉRODIAS

Vous regardez encore ma fille. Il ne faut pas la regarder. Je vous ai déjà dit cela.

HÉRODE

Vous ne dites que cela.

HÉRODIAS

Je le redis.

HÉRODE

Et la restauration du temple dont on a tant parlé ? Est-ce qu'on va faire quelque chose ? On dit, n'est-ce pas, que le voile du sanctuaire a disparu ?

HÉRODIAS

C'est toi qui l'as pris. Tu parles à tort et à travers. Je ne veux pas rester ici. Rentrons.

HÉRODE

Salomé, dansez pour moi.

HÉRODIAS

Je ne veux pas qu'elle danse.

SALOMÉ

Je n'ai aucune envie de danser, tétrarque.

HÉRODE

Salomé, fille d'Hérodias, dansez pour moi.

HÉRODIAS

Laissez-la tranquille.

HÉRODE

Je vous ordonne de danser, Salomé.

SALOMÉ

Je ne danserai pas, tétrarque.

HÉRODIAS

Riant.

Voilà comme elle vous obéit !

HÉRODE

Qu'est-ce que cela me fait qu'elle danse ou non ? Cela ne me fait rien. Je suis heureux ce soir. Je suis très heureux. Jamais je n'ai été si heureux.

LE PREMIER SOLDAT

Il a l'air sombre, le tétrarque. N'est-ce pas qu'il a l'air sombre ?

LE SECOND SOLDAT

Il a l'air sombre.

HÉRODE

Pourquoi ne serais-je pas heureux ? César, qui est le maître du monde, qui est le maître de tout, m'aime beaucoup. Il vient de m'envoyer des cadeaux de grande valeur. Aussi il m'a promis de citer à Rome le roi de Cappadoce qui est mon ennemi. Peut-être à Rome il le crucifiera. Il peut faire tout ce qu'il veut, César. Enfin, il est le maître. Ainsi, vous voyez, j'ai le droit d'être heureux. Il n'y a rien au monde qui puisse gâter mon plaisir.

LA VOIX D'IOKANAAN

Il sera assis sur son trône. Il sera vêtu de pourpre et d'écarlate. Dans sa main il portera un vase d'or plein de ses blasphèmes. Et l'ange du Seigneur Dieu le frappera. Il sera mangé des vers.

HÉRODIAS

Vous entendez ce qu'il dit de vous. Il dit que vous serez mangé des vers.

8

HÉRODE

Ce n'est pas de moi qu'il parle. Il ne dit jamais rien contre moi. C'est du roi de Cappadoce qu'il parle, du roi de Cappadoce qui est mon ennemi. C'est celui-là qui sera mangé des vers. Ce n'est pas moi. Jamais il n'a rien dit contre moi, le prophète, sauf que j'ai eu tort de prendre comme épouse l'épouse de mon frère. Peut-être a-t-il raison. En effet, vous êtes stérile.

HÉRODIAS

Je suis stérile, moi. Et vous dites cela, vous qui regardez toujours ma fille, vous qui avez voulu la faire danser pour votre plaisir. C'est ridicule de dire cela. Moi j'ai eu un enfant. Vous n'avez jamais eu d'enfant, même d'une de vos esclaves. C'est vous qui êtes stérile, ce n'est pas moi.

HÉRODE

Taisez-vous. Je vous dis que vous êtes stérile. Vous ne m'avez pas donné d'enfant, et le prophète dit que notre mariage n'est pas un vrai mariage. Il dit que c'est un mariage incestueux, un mariage qui apportera des malheurs... J'ai peur qu'il n'ait raison. Je suis sûr qu'il a raison. Mais ce n'est pas le moment de parler de ces choses. En ce moment-ci je veux être heureux. Au fait je le suis. Je suis très heureux. Il n'y a rien qui me manque.

HÉRODIAS

Je suis bien contente que vous soyez de si belle humeur, ce soir. Ce n'est pas dans vos habitudes. Mais il est tard. Rentrons. Vous n'oubliez pas qu'au lever du soleil nous allons tous à la chasse. Aux ambassadeurs de César il faut faire tout honneur, n'est-ce pas ?

LE SECOND SOLDAT

Comme il a l'air sombre, le tétrarque.

LE PREMIER SOLDAT

Oui, il a l'air sombre.

HÉRODE

Salomé, Salomé, dansez pour moi. Je vous supplie de danser pour moi. Ce soir je suis triste. Oui, je suis très triste ce soir. Quand je suis entré ici, j'ai glissé dans le sang, ce qui est d'un mauvais présage, et j'ai entendu, je suis sûr que j'ai entendu un battement d'ailes dans l'air, un battement d'ailes gigantesques. Je ne sais pas ce que cela veut dire... Je suis triste ce soir. Ainsi dansez pour moi. Dansez pour moi, Salomé, je vous supplie. Si vous dansez pour moi vous pourrez me demander tout ce que vous voudrez et je vous le donnerai. Oui, dansez pour moi, Salomé, et je vous donnerai tout ce que vous me demanderez, fût-ce la moitié de mon royaume.

SALOMÉ

Se levant.

Vous me donnerez tout ce que je demanderai, tétrarque ?

HÉRODIAS

Ne dansez pas, ma fille.

HÉRODE

Tout, fût-ce la moitié de mon royaume.

SALOMÉ

Vous le jurez, tétrarque ?

HÉRODE

Je le jure, Salomé.

HÉRODIAS

Ma fille, ne dansez pas.

SALOMÉ

Sur quoi jurez-vous, tétrarque ?

HÉRODE

Sur ma vie, sur ma couronne, sur mes dieux. Tout ce que vous voudrez je vous le donnerai, fût-ce la moitié de mon royaume, si vous dansez pour moi. Oh ! Salomé, Salomé, dansez pour moi.

SALOMÉ

Vous avez juré, tétrarque.

HÉRODE

J'ai juré, Salomé.

SALOMÉ

Tout ce que je vous demanderai, fût-ce la moitié de votre royaume ?

HÉRODIAS

Ne dansez pas, ma fille.

HÉRODE

Fût-ce la moitié de mon royaume. Comme reine, tu serais très belle, Salomé, s'il te plaisait de demander la moitié de mon royaume. N'est-ce pas qu'elle serait très belle comme reine?... Ah ! il fait froid ici ! il y a un vent très froid, et j'entends... pourquoi est-ce que j'entends dans l'air ce battement d'ailes? Oh! on dirait qu'il y a un oiseau, un grand oiseau noir, qui plane sur la terrasse. Pourquoi est-ce que je ne peux pas le voir, cet oiseau? Le battement de ses ailes est terrible. Le vent qui vient de ses ailes est terrible. C'est un vent froid... Mais non, il ne fait pas froid du tout. Au contraire, il fait très chaud. Il fait trop chaud. J'étouffe. Versez-moi l'eau sur les mains. Donnez-moi de la neige à manger. Dégrafez mon manteau. Vite, vite, dégrafez mon manteau... Non. Laissez-le. C'est ma couronne qui me fait mal, ma couronne de roses. On dirait que ces fleurs sont faites de feu. Elles ont brûlé mon front. *(Il arrache de sa tête la couronne, et la jette sur la table.)* Ah ! enfin, je respire. Comme ils sont rouges ces pétales ! On dirait des taches de sang sur la nappe. Cela ne fait rien. Il ne faut pas trouver des symboles dans chaque chose qu'on voit. Cela rend la vie impossible. Il serait mieux de dire que les taches de sang sont aussi belles que les pétales de roses. Il serait beaucoup mieux de dire cela... Mais ne parlons pas de cela. Maintenant je suis heureux. Je suis très heureux. J'ai le droit d'être heureux, n'est-ce pas? Votre fille va danser pour moi. N'est-ce pas que vous allez danser pour moi, Salomé? Vous avez promis de danser pour moi.

HÉRODIAS

Je ne veux pas qu'elle danse.

SALOMÉ

Je danserai pour vous, tétrarque.

HÉRODE

Vous entendez ce que dit votre fille. Elle va danser pour moi. Vous avez bien raison, Salomé, de danser pour moi. Et, après que vous aurez dansé n'oubliez pas de me demander tout ce que vous voudrez. Tout ce que vous voudrez je vous le donnerai, fût-ce la moitié de mon royaume. J'ai juré, n'est-ce pas ?

SALOMÉ

Vous avez juré, tétrarque.

HÉRODE

Et je n'ai jamais manqué à ma parole. Je ne suis pas de ceux qui manquent à leur parole. Je ne sais pas mentir. Je suis l'esclave de ma parole, et ma parole c'est la parole d'un roi. Le roi de Cappadoce ment toujours, mais ce n'est pas un vrai roi. C'est un lâche. Aussi il me

doit de l'argent qu'il ne veut pas payer. Il a même insulté
mes ambassadeurs. Il a dit des choses très blessantes.
Mais César le crucifiera quand il viendra à Rome. Je
suis sûr que César le crucifiera. Sinon il mourra mangé
des vers. Le prophète l'a prédit. Eh bien! Salomé,
qu'attendez-vous?

SALOMÉ

J'attends que mes esclaves m'apportent des parfums et
les sept voiles et m'ôtent mes sandales.

*Les esclaves apportent des parfums et les sept voiles
et ôtent les sandales de Salomé.*

HÉRODE

Ah! vous allez danser pieds nus! C'est bien! C'est
bien! Vos petits pieds seront comme des colombes
blanches. Ils ressembleront à des petites fleurs blanches
qui dansent sur un arbre... Ah! non. Elle va danser dans
le sang! Il y a du sang par terre. Je ne veux pas qu'elle
danse dans le sang. Ce serait d'un très mauvais présage.

HÉRODIAS

Qu'est-ce que cela vous fait qu'elle danse dans le sang?
Vous avez bien marché dedans, vous...

HÉRODE

Qu'est-ce que cela me fait? Ah! regardez la lune! Elle

est devenue rouge. Elle est devenue rouge comme du sang. Ah ! le prophète l'a bien prédit. Il a prédit que la lune deviendrait rouge comme du sang. N'est-ce pas qu'il a prédit cela ? Vous l'avez tous entendu. La lune est devenue rouge comme du sang. Ne le voyez-vous pas ?

HÉRODIAS

Je le vois bien, et les étoiles tombent comme des figues vertes, n'est-ce pas ? Et le soleil devient noir comme un sac de poil, et les rois de la terre ont peur. Cela au moins on le voit. Pour une fois dans sa vie le prophète a eu raison. Les rois de la terre ont peur... Enfin, rentrons. Vous êtes malade. On va dire à Rome que vous êtes fou. Rentrons, je vous dis.

LA VOIX D'IOKANAAN

Qui est celui qui vient d'Edom, qui vient de Bosra avec sa robe teinte de pourpre ; qui éclate dans la beauté de ses vêtements, et qui marche avec une force toute puissante ? Pourquoi vos vêtements sont-ils teints d'écarlate ?

HÉRODIAS

Rentrons. La voix de cet homme m'exaspère. Je ne veux pas que ma fille danse pendant qu'il crie comme cela. Je ne veux pas qu'elle danse pendant que vous la regardez comme cela. Enfin, je ne veux pas qu'elle danse.

HÉRODE

Ne te lève pas, mon épouse, ma reine, c'est inutile. Je ne rentrerai pas avant qu'elle n'ait dansé. Dansez, Salomé, dansez pour moi.

HÉRODIAS

Ne dansez pas, ma fille.

SALOMÉ

Je suis prête, tétrarque.

Salomé danse la danse des sept voiles.

HÉRODE

Ah ! c'est magnifique, c'est magnifique ! Vous voyez qu'elle a dansé pour moi, votre fille. Approchez, Salomé ! Approchez, afin que je puisse vous donner votre salaire. Ah ! je paie bien les danseuses, moi. Toi, je te paierai bien. Je te donnerai tout ce que tu voudras. Que veux-tu, dis ?

SALOMÉ

S'agenouillant.

Je veux qu'on m'apporte présentement dans un bassin d'argent...

HÉRODE

Riant.

Dans un bassin d'argent ? mais oui, dans un bassin d'argent, certainement. Elle est charmante, n'est-ce pas ? Qu'est-ce que vous voulez qu'on vous apporte dans un bassin d'argent, ma chère et belle Salomé, vous qui êtes la plus belle de toutes les filles de Judée ? Qu'est-ce que vous voulez qu'on vous apporte dans un bassin d'argent ? Dites-moi. Quoi que cela puisse être on vous le donnera. Mes trésors vous appartiennent. Qu'est-ce que c'est, Salomé.

SALOMÉ

Se levant.

La tête d'Iokanaan.

HÉRODIAS

Ah ! c'est bien dit, ma fille.

HÉRODE

Non, non.

HÉRODIAS

C'est bien dit, ma fille.

HÉRODE

Non, non, Salomé. Vous ne me demandez pas cela.

N'écoutez pas votre mère. Elle vous donne toujours de mauvais conseils. Il ne faut pas l'écouter.

SALOMÉ

Je n'écoute pas ma mère. C'est pour mon propre plaisir que je demande la tête d'Iokanaan dans un bassin d'argent. Vous avez juré, Hérode. N'oubliez pas que vous avez juré.

HÉRODE

Je le sais. J'ai juré par mes dieux. Je le sais bien. Mais je vous supplie, Salomé, de me demander autre chose. Demandez-moi la moitié de mon royaume, et je vous la donnerai. Mais ne me demandez pas ce que vous m'avez demandé.

SALOMÉ

Je vous demande la tête d'Iokanaan.

HÉRODE

Non, non, je ne veux pas.

SALOMÉ

Vous avez juré, Hérode.

HÉRODIAS

Oui, vous avez juré. Tout le monde vous a entendu. Vous avez juré devant tout le monde.

HÉRODE

Taisez-vous. Ce n'est pas à vous que je parle.

HÉRODIAS

Ma fille a bien raison de demander la tête de cet homme. Il a vomi des insultes contre moi. Il a dit des choses monstrueuses contre moi. On voit qu'elle aime beaucoup sa mère. Ne cédez pas, ma fille. Il a juré, il a juré.

HÉRODE

Taisez-vous. Ne me parlez pas... Voyons, Salomé, il faut être raisonnable, n'est-ce pas? N'est-ce pas qu'il faut être raisonnable? Je n'ai jamais été dur envers vous. Je vous ai toujours aimée... Peut-être, je vous ai trop aimée. Ainsi, ne me demandez pas cela. C'est horrible, c'est épouvantable de me demander cela. Au fond, je ne crois pas que vous soyez sérieuse. La tête d'un homme décapitée, c'est une chose laide, n'est-ce pas ? Ce n'est pas une chose qu'une vierge doive regarder. Quel plaisir

cela pourrait-il vous donner ? Aucun. Non, non, vous ne
voulez pas cela... Écoutez-moi un instant. J'ai une émeraude, une grande émeraude ronde que le favori de César
m'a envoyée. Si vous regardiez à travers cette émeraude
vous pourriez voir des choses qui se passent à une dis-
tance immense. César lui-même en porte une tout à fait
pareille quand il va au cirque. Mais la mienne est plus
grande. Je sais bien qu'elle est plus grande. C'est la plus
grande émeraude du monde. N'est-ce pas que vous voulez
cela ? Demandez-moi cela et je vous le donnerai.

SALOMÉ

Je demande la tête d'Iokanaan.

HÉRODE

Vous ne m'écoutez pas, vous ne m'écoutez pas. Enfin,
laissez-moi parler, Salomé.

SALOMÉ

La tête d'Iokanaan.

HÉRODE

Non, non, vous ne voulez pas cela. Vous me dites cela
seulement pour me faire de la peine, parce que je vous ai
regardée pendant toute la soirée. Eh ! bien, oui. Je vous

ai regardée pendant toute la soirée. Votre beauté m'a
troublé. Votre beauté m'a terriblement troublé, et je
vous ai trop regardée. Mais je ne le ferai plus. Il ne faut
regarder ni les choses ni les personnes. Il ne faut regarder
que dans les miroirs. Car les miroirs ne nous montrent
que des masques... Oh ! Oh ! du vin ! j'ai soif... Salomé,
Salomé, soyons amis. Enfin, voyez... Qu'est-ce que je
voulais dire ? Qu'est-ce que c'était? Ah ! je m'en souviens !... Salomé ! Non, venez plus près de moi. J'ai peur
que vous ne m'entendiez pas... Salomé, vous connaissez
mes paons blancs, mes beaux paons blancs, qui se pro-
mènent dans le jardin entre les myrtes et les grands
cyprès. Leurs becs sont dorés, et les grains qu'ils
mangent sont dorés aussi, et leurs pieds sont teints de
pourpre. La pluie vient quand ils crient, et quand ils se
pavanent la lune se montre au ciel. Ils vont deux à deux
entre les cyprès et les myrtes noirs et chacun a son
esclave pour le soigner. Quelquefois ils volent à travers
les arbres, et quelquefois ils couchent sur le gazon et
autour de l'étang. Il n'y a pas dans le monde d'oiseaux
si merveilleux. Il n'y a aucun roi du monde qui possède
des oiseaux aussi merveilleux. Je suis sûr que même César
ne possède pas d'oiseaux aussi beaux. Eh bien ! je vous
donnerai cinquante de mes paons. Ils vous suivront partout, et au milieu d'eux vous serez comme la lune dans
un grand nuage blanc... Je vous les donnerai tous. Je n'en

ai que cent, et il n'y a aucun roi au monde qui possède de
paons comme les miens, mais je vous les donnerai tous
Seulement, il faut me délier de ma parole et ne pas m
demander ce que vous m'avez demandé.

Il vide la coupe de vin.

SALOMÉ

Donnez-moi la tête d'Iokanaan.

HÉRODIAS

C'est bien dit, ma fille ! Vous, vous êtes ridicule avec
vos paons.

HÉRODE

Taisez-vous. Vous criez toujours. Vous criez comme
une bête de proie. Il ne faut pas crier comme cela. Votre
voix m'ennuie. Taisez-vous, je vous dis... Salomé, pensez
à ce que vous faites. Cet homme vient peut-être de
Dieu. Je suis sûr qu'il vient de Dieu. C'est un saint
homme. Le doigt de Dieu l'a touché. Dieu a mis dans
sa bouche des mots terribles. Dans le palais, comme
dans le désert, Dieu est toujours avec lui... Au moins,
c'est possible. On ne sait pas, mais il est possible que
Dieu soit pour lui et avec lui. Aussi peut-être que s'il
mourait, il m'arriverait un malheur. Enfin, il a dit que le

jour où il mourrait, il arriverait un malheur à quelqu'un.
Ce ne peut être qu'à moi. Souvenez-vous, j'ai glissé dans
le sang quand je suis entré ici. Aussi j'ai entendu un battement d'ailes dans l'air, un battement d'ailes gigantesques.
Ce sont de très mauvais présages. Et il y en avait
d'autres. Je suis sûr qu'il y en avait d'autres, quoique je
ne les aie pas vus. Eh bien ! Salomé, vous ne voulez pas
qu'un malheur m'arrive ? Vous ne voulez pas cela. Enfin,
écoutez-moi.

SALOMÉ

Donnez-moi la tête d'Iokanaan.

HÉRODE

Vous voyez, vous ne m'écoutez pas. Mais soyez calme.
Moi, je suis très calme. Je suis tout à fait calme. Écoutez.
J'ai des bijoux cachés ici que même votre mère n'a jamais
vus, des bijoux tout à fait extraordinaires. J'ai un collier
de perles à quatre rangs. On dirait des lunes enchaînées
de rayons d'argent. On dirait cinquante lunes captives
dans un filet d'or. Une reine l'a porté sur l'ivoire de ses
seins. Toi, quand tu le porteras, tu seras aussi belle qu'une
reine. J'ai des améthystes de deux espèces. Une qui est
noire comme le vin. L'autre qui est rouge comme du vin
qu'on a coloré avec de l'eau. J'ai des topazes jaunes
comme les yeux des tigres, et des topazes roses comme

10

les yeux des pigeons, et des topazes vertes comme les
yeux des chats. J'ai des opales qui brûlent toujours avec
une flamme qui est très froide, des opales qui attristent
les esprits et ont peur des ténèbres. J'ai des onyx sem-
blables aux prunelles d'une morte. J'ai des sélénites qui
changent quand la lune change et deviennent pâles quand
elles voient le soleil. J'ai des saphirs grands comme des
œufs et bleus comme des fleurs bleues. La mer erre
dedans, et la lune ne vient jamais troubler le bleu de ses
flots. J'ai des chrysolithes et des béryls, j'ai des chryso-
prases et des rubis, j'ai des sardonyx et des hyacinthes,
et des calcédoines et je vous les donnerai tous, mais tous,
et j'ajouterai d'autres choses. Le roi des Indes vient justement de m'envoyer quatre éventails faits de plumes de
perroquets, et le roi de Numidie une robe faite de plumes
d'autruche. J'ai un cristal qu'il n'est pas permis aux
femmes de voir et que même les jeunes hommes ne doivent regarder qu'après avoir été flagellés de verges. Dans
un coffret de nacre j'ai trois turquoises merveilleuses.
Quand on les porte sur le front on peut imaginer des
choses qui n'existent pas, et quand on les porte dans la
main on peut rendre les femmes stériles. Ce sont des trésors de grande valeur. Ce sont des trésors sans prix. Et
ce n'est pas tout. Dans un coffret d'ébène j'ai deux
coupes d'ambre qui ressemblent à des pommes d'or. Si
un ennemi verse du poison dans ces coupes elles deviennent

comme des pommes d'argent. Dans un coffret incrusté
d'ambre j'ai des sandales incrustées de verre. J'ai des
manteaux qui viennent du pays des Sères et des bracelets
garnis d'escarboucles et de jade qui viennent de la ville
d'Euphrate... Enfin, que veux-tu, Salomé? Dis-moi ce
que tu désires et je te le donnerai. Je te donnerai tout ce
que tu demanderas, sauf une chose. Je te donnerai tout ce
que je possède, sauf une vie. Je te donnerai le manteau
du grand prêtre. Je te donnerai le voile du sanctuaire.

LES JUIFS

Oh ! Oh !

SALOMÉ

Donne-moi la tête d'Iokanaan.

HÉRODE

S'affaissant sur son siège.

Qu'on lui donne ce qu'elle demande ! C'est bien la fille
de sa mère ! (*Le premier soldat s'approche. Hérodias prend de la
main du tétrarque la bague de la mort et la donne au soldat qui l'apporte immédiatement au bourreau. Le bourreau a l'air effaré.*) Qui a
pris ma bague ? Il y avait une bague à ma main
droite. Qui a bu mon vin ? Il y avait du vin dans ma
coupe. Elle était pleine de vin. Quelqu'un l'a bu ? Oh ! je
suis sûr qu'il va arriver un malheur à quelqu'un. (*Le bour-*

reau descend dans la citerne.) Ah ! pourquoi ai-je donné ma parole ? Les rois ne doivent jamais donner leur parole. S'ils ne la gardent pas, c'est terrible. S'ils la gardent, c'est terrible aussi...

HÉRODIAS

Je trouve que ma fille a bien fait.

HÉRODE

Je suis sûr qu'il va arriver un malheur.

SALOMÉ

Elle se penche sur la citerne et écoute.

Il n'y a pas de bruit. Je n'entends rien. Pourquoi ne crie-t-il pas, cet homme ? Ah ! si quelqu'un cherchait à me tuer, je crierais, je me débattrais, je ne voudrais pas souffrir... Frappe, frappe, Naaman. Frappe, je te dis... Non. Je n'entends rien. Il y a un silence affreux. Ah ! quelque chose est tombé par terre. J'ai entendu quelque chose tomber. C'était l'épée du bourreau. Il a peur, cet esclave ! Il a laissé tomber son épée. Il n'ose pas le tuer. C'est un lâche, cet esclave ! Il faut envoyer des soldats. (*Elle voit le page d'Hérodias et s'adresse à lui.*) Viens ici. Tu as été l'ami de celui qui est mort, n'est-ce pas ? Eh bien, il n'y a pas eu assez de morts. Dites aux soldats qu'ils descendent et m'apportent ce que je demande, ce que le tétrarque m'a promis, ce qui m'appartient. *(Le page recule. Elle s'adresse aux soldats.)* Venez ici, soldats. Descendez dans cette citerne, et apportez-moi la tête de cet homme. *(Les soldats reculent.)* Tétrarque, tétrarque, commandez à vos soldats de m'apporter la tête d'Iokanaan. *(Un grand bras noir, le bras du bourreau, sort de la citerne apportant sur un bouclier d'argent la tête d'Iokanaan. Salomé la saisit. Hérode se cache le visage avec son manteau, Hérodias sourit et s'évente. Les Nazaréens s'agenouillent et commencent à prier.)* Ah ! tu n'as pas voulu me laisser baiser ta bouche, Iokanaan. Eh bien ! je la baiserai maintenant. Je la mordrai avec mes dents comme on mord un fruit mûr. Oui, je baiserai ta bouche, Iokanaan. Je te l'ai dit, n'est-ce pas ? je te l'ai dit. Eh bien ! je la baiserai maintenant... Mais pourquoi ne me regardes-tu pas, Iokanaan ? Tes yeux qui étaient si terribles, qui étaient si pleins de colère et de mépris, ils sont fermés maintenant. Pourquoi sont-ils fermés ? Ouvre tes yeux ! Soulève tes paupières, Iokanaan. Pourquoi ne me regardes-tu pas ? As-tu peur de moi, Iokanaan, que tu ne veux pas me regarder ?... Et ta langue qui était comme un serpent rouge dardant des poisons, elle ne remue plus, elle ne dit rien maintenant, Iokanaan, cette vipère rouge qui a vomi son venin sur moi. C'est étrange, n'est-ce pas ? Comment se fait-il que la vipère rouge ne remue plus ?... Tu n'as pas voulu de moi, Iokanaan. Tu m'as rejetée. Tu m'as dit des choses infâmes. Tu m'as traitée comme une courtisane, comme une prostituée, moi, Salomé, fille d'Hérodias, Princesse de Judée! Eh bien, Iokanaan, moi je vis encore, mais toi tu es mort et ta tête m'appartient. Je puis en faire ce que je veux. Je puis la jeter aux chiens et aux oiseaux de l'air. Ce que laisseront les chiens, les oiseaux de l'air le mangèront... Ah! Iokanaan, Iokanaan, tu as été le seul homme que j'ai aimé. Tous les autres hommes m'inspirent du dégoût. Mais, toi, tu étais beau. Ton corps était une colonne d'ivoire sur un socle d'argent. C'était un jardin plein de colombes et de lis d'argent. C'était une tour d'argent ornée de boucliers d'ivoire. Il n'y avait rien au monde d'aussi blanc que ton corps. Il n'y avait rien au monde d'aussi noir que tes cheveux. Dans le monde tout entier il n'y avait rien d'aussi rouge que ta bouche. Ta voix était un encensoir qui répandait d'étranges parfums, et quand je te regardais j'entendais une musique étrange! Ah! pourquoi ne m'as-tu pas regardée, Iokanaan? Derrière tes mains et tes blasphèmes tu as caché ton visage. Tu as mis sur tes yeux le bandeau de celui qui veut voir son Dieu. Eh bien, tu l'as vu, ton Dieu, Iokanaan, mais moi, moi... tu ne m'as jamais vue. Si tu m'avais vue, tu m'aurais aimée. Moi, je t'ai vu, Iokanaan, et je t'ai aimé. Oh! comme je t'ai aimé. Je t'aime encore, Iokanaan. Je n'aime que toi... J'ai soif de ta beauté. J'ai faim de ton corps. Et ni le vin, ni les

fruits ne peuvent apaiser mon désir. Que ferai-je, Iokanaan, maintenant ? Ni les fleuves ni les grandes eaux ne
pourraient éteindre ma passion. J'étais une Princesse, tu
m'as dédaignée. J'étais une vierge, tu m'as déflorée. J'étais
chaste, tu as rempli mes veines de feu... Ah ! Ah ! pourquoi ne m'as-tu pas regardée, Iokanaan ? Si tu m'avais
regardée tu m'aurais aimée. Je sais bien que tu m'aurais
aimée, et le mystère de l'amour est plus grand que le
mystère de la mort. Il ne faut regarder que l'amour.

HÉRODE

Elle est monstrueuse, ta fille, elle est tout à fait monstrueuse. Enfin, ce qu'elle a fait est un grand crime. Je
suis sûr que c'est un crime contre un Dieu inconnu.

HÉRODIAS

J'approuve ce que ma fille a fait, et je veux rester ici
maintenant.

HÉRODE

Se levant.

Ah ! l'épouse incestueuse qui parle ! Viens ! Je ne veux
pas rester ici. Viens, je te dis. Je suis sûr qu'il va arriver
un malheur. Manasse, Issachar, Ozias, éteignez les flambeaux. Je ne veux pas regarder les choses. Je ne veux pas
que les choses me regardent. Éteignez les flambeaux.

Cachez la lune ! Cachez les étoiles ! Cachons-nous dans notre palais, Hérodias. Je commence à avoir peur.

Les esclaves éteignent les flambeaux. Les étoiles disparaissent. Un grand nuage noir passe à travers la lune et la cache complètement. La scène devient tout à fait sombre. Le tétrarque commence à monter l'escalier.

LA VOIX DE SALOMÉ

Ah ! j'ai baisé ta bouche, Iokanaan, j'ai baisé ta bouche. Il y avait une âcre saveur sur tes lèvres. Était-ce la saveur du sang ?... Mais, peut-être est-ce la saveur de l'amour. On dit que l'amour a une âcre saveur... Mais, qu'importe ? Qu'importe ? J'ai baisé ta bouche, Iokanaan, j'ai baisé ta bouche.

Un rayon de lune tombe sur Salomé et l'éclaire.

HÉRODE

Se retournant et voyant Salomé.

Tuez cette femme !

Les soldats s'élancent et écrasent sous leurs boucliers Salomé, fille d'Hérodias, Princesse de Judée.

BIBLIOGRAPHIE

BIBLIOGRAPHIE [1]

ÉDITION ORIGINALE

OSCAR WILDE | Salomé | drame en un acte | (marque de l'éditeur) | Paris | Librairie de l'Art Indépendant | 11, rue de la Chaussée d'Antin, 11 | Londres | Elkin Mathews et John Lane | The Bodley-Head. Vigo Street | 1893 | Tous droits réservés.

Petit in-4°, couverture papier violet, titre imprimé en argent, 84 pages. Tiré à 600 exemplaires dont 100 hors commerce. Prix 10 fr.

Il a été tiré quelques exemplaires sur Van Gelder.

Réimpressions

Salomé | tragédie lyrique en un acte | paroles tirées de la *Salomé* d'Oscar Wilde | Musique de | A. Mariotte | (fleuron) | Paris | Imprimerie et Librairie centrale des Chemins de fer | Imprimerie Chaix | Société anonyme au capital de trois millions | rue Bergère, 20 | 1907 | [2]

in-16, couverture jaune clair. 32 pp.

1. Cette Bibliographie reproduit, sous une forme condensée, celle composée par M. Walter Ledger pour l'édition Methuen.

2. M. Mariotte, lieutenant de vaisseau dans la marine française, a composé son drame musical à l'époque même où Richard Strauss travaillait sur le même sujet. Il ignorait cette coïncidence mais ne put obtenir les droits de représentation, ceux-ci ayant été déjà concédés au musicien allemand. Une seule représentation fut autorisée qui eut lieu à Lyon, ville natale de M. Mariotte.

Sur la couverture, au-dessus du titre et séparé de ce titre par un double filet : *Concours musical de la Ville de Paris* | 1904-1906 |

Le drame est divisé en 2 parties et 7 scènes ; c'est une adaptation faite par M. Mariotte pour son opéra. Cette brochure n'a été imprimée qu'à 5o exemplaires pour être distribuée aux membres du Jury et n'a jamais été mise en vente.

Oscar Wilde | Salomé | Drame en un acte | Paris | Édition à petit nombre | Imprimé pour les souscripteurs | 1907.

in-4° couverture papier vert-olive avec titre imprimé sur étiquette. 84 pp. Seize illustrations d'Aubrey Beardsley. Tirage : 5oo ex. : 1oo vergé d'Arches ; 4oo antique vergé anglais. Numérotés à la main. Ed. Charles Carrington, Paris.

Salomé | drame musical en un acte | poëme de Oscar Wilde | musique de Richard Strauss | prix net : 1 fr. 5o cent. |

Methuen & Co | 36 Essex Street W. C. | London | Adolf Fürstner | Berlin W. | *Droits de traduction, de reproduction, de représentation et d'analyse réservés.*

Cette édition (sans date imprimée) est de 1907.

in-12, couverture papier rouge, impression or. vi-39 pp. Contient le texte tel qu'il fut adapté pour l'opéra de Strauss dont la première représentation, en français, eut lieu au Théâtre de la Monnaie, à Bruxelles, le 15 mars 1907.

Salomé. | A Florentine Tragedy. | Vera. | By | Oscar Wilde | Methuen and Co | 36 Essex Street W. C. | London |

Cette édition (sans date imprimée) est de 1908.

in-8° cartonné toile crème, titre et décoration de Charles Ricketts imprimés en or. Enveloppe papier vert avec le même titre et la même décoration en vert sombre. Papier à la forme, tête dorée, tranches non rognées, 82 pp. Il a été tiré 80 ex. sur japon, reliure parchemin sous couverture papier gris.

Salomé | Drame en un acte | par | Oscar Wilde | Paris | Georges Crès et Cⁱᵉ | 116, Boulevard Saint-Germain, 116 | MCMXVII.

(Fait partie de la collection « Le Théâtre d'Art ».)

Le titre intérieur porte : Oscar Wilde | Salomé | Drame en un acte | précédé de notes sur l'auteur | par | Ernest La Jeunesse | Frontispice et illustrations dessinés et gravés sur bois | par | Louis Jou |

TRADUCTIONS

En autrichien :

Traduction par Frieda Uhl. Vienne et Leipzig, 1908 (deux éditions).

En tchèque :

Deux éditions en 1905 (de la même traduction).

En hollandais :

Une traduction parue en 1893.

En anglais :

Salomé | a Tragedy in one | Act : translated | from the French | of Oscar Wilde : | pictured by | Aubrey Beardsley | London : Elkin Mathews | & John Lane | Boston : Copeland & Day | 1894 |

Petit in-4°, cartonné toile bleu clair, titre en or. 67 pp. 500 ex. imprimés pour l'Angleterre plus 100 ex. sur grand papier, cartonnage soie vert-olive avec la décoration et les illustrations imprimées sur japon.

Cette édition porte la dédicace suivante : (en anglais) A mon
ami | Lord Alfred Bruce Douglas | le traducteur de | ma pièce |

Salome | a Tragedy in one Act | translated from the | French
of Oscar Wilde | London : John Lane, The Bodley Head | New
York : John Lane Company, MCMVI |
Un vol. in-16, cartonnage papier blanc, titre et décoration gris-
vert. 66 pp. couverture papier orange. Réédité en 1908.

Salomé | a Tragedy in one Act : trans- | lated from the French
of | Oscar Wilde, with sixteen | drawings by Aubrey Beardsley
| London : John Lane, The Bodley Head | New York : John Lane
Company, MCMVII.
Un vol. in-4° cartonnage toile vert clair, titre et décoration or.
Contient une note de Robert Ross sur *Salomé*, avec des fac-similés
de programmes et trois gravures supplémentaires. 66 pp. couver-
ture papier orange.

Salome | a Tragedy in one Act : | translated from the | French
of Oscar Wilde | Pictured by | Aubrey Beardsley | London |
Melmoth & Co | 1904 |
Un vol. in-4°, cartonnage toile bleu (le dos porte : 1905). Tiré à
250 ex. plus 50 sur japon. Contient les illustrations de Beardsley y
compris les 3 supplémentaires de l'édition ci-dessus.
Cette édition a été publiée sans autorisation des ayants droit.

Salomé | by | Oscar Wilde | Paris | 1906 |
Petit in-4°. Cartonnage bleu clair, titre dos imprimé en or, avec
la date : 1905. 75 pp. sans illustrations.
Cette édition est la même que la précédente, mais sans illustrations et avec un nouveau titre.

ÉDITIONS DU TEXTE ANGLAIS EN AMÉRIQUE

1896, avec illustrations d'Aubrey Beardsley, San Francisco.

1906, avec illustrations d'Aubrey Beardsley, Boston (deux éditions).

1906, même édition comportant, en outre : « The Duchess of Padua » et « Vera or the Nihilists » (vol. III du Théâtre d'Oscar Wilde).

1907, New York et Boston (avec la dédicace à Lord Alfred Bruce Douglas). Forme le n° 54 des « Remarque series », collection dite des chefs-d'œuvre littéraires.

1908, New York. Contient « The Duchess of Padua ».

En allemand :

1903, trad. de Hedwig Lachmann. Leipzig (10 illustr. hors texte).

1903, traduction de Isidore Leo Pavia et Hermann Freiherrn von Teschenberg, Leipzig.

1904, traduction de D' Kiefer.

1905, livret (en allemand) de l'opéra de Richard Strauss. Traduction de Hedwig Lachmann, Berlin.

1908, réédition du même.

1908, traduction de Hedwig Lachmann. Illustrations d'Aubrey Beardsley.

En grec :

1907, traduction parue dans la revue grecque *Panathenaia*.

1907, la même sous forme de volume.

En italien :

1906, traduction de G.G. Rocco, Naples.

En magyar :

1908, traduction de Szini Gyula.

En polonais :

1904, avec cinq illustrations.

En russe :

1904, Moscou.

1907, traduction de E. Brick sur le *texte* anglais, Moscou.

1909, traduction de Michael Lykiardopoulos sur le texte français, Moscou.

1906 & 1908, même traduction.

1908, traduction de Constantin Balmont et C. Andreieva, Saint-Pétersbourg. Contient les illustrations (réduites) d'Aubrey Beardsley.

1906, La Danse des sept voiles. Adaptation théâtrale de la comtesse Radosheffsky.

En espagnol :

(sans date), traduction de J. Pérez Jorba et B. Rodriguez, sur le texte anglais, Madrid.

En catalan :

1908, traduction de Joaquim Pena, Barcelone.

En suédois :

1895, traduction de Edv. Alkman, Stockholm.

1906, réédition de la même traduction.

En yiddish :

1909, traduction de J. Entin, Londres (impression en caractères hébreux).

1909, traduction de A. Frumkin, Londres (impression en caractères hébreux).

TABLE

TABLE

CE LIVRE A ÉTÉ ACHEVÉ D'IMPRIMER
PAR PROTAT FRÈRES, DE MACON, LE
QUINZE AVRIL MIL NEUF CENT
VINGT-DEUX. LES HORS TEXTE ONT
ÉTÉ DESSINÉS PAR ALASTAIR.

www.ingramcontent.com/pod-product-compliance
Lightning Source LLC
Chambersburg PA
CBHW070747280626
47162CB00017B/2405